NAME	SUBJECT

Made in the USA
Middletown, DE
07 February 2023

24282855R00062